KB145696

이삭이의 동시 모음집

초판 1쇄 인쇄일 2014년 06월 23일
초판 1쇄 발행일 2014년 06월 26일

지은이 이 삭
펴 낸 이 김양수
편집·디자인 송다희

펴낸곳 도서출판 맑은샘
출판등록 제2012-000035
주소 경기도 고양시 일산서구 중앙로 1456(주엽동) 서현프라자 604호
대표전화 031.906.5006 팩스 031.906.5079
이메일 okbook1234@naver.com
홈페이지 www.booksam.co.kr

ISBN 979-11-5778-036-5 (03800)

「이 도서의 국립중앙도서관 출판시도서목록(CIP)은 서지정보유통지원
시스템 홈페이지(http://seoji.nl.go.kr)와 국가자료공동목록시스템
(http://www.nl.go.kr/kolisnet)에서 이용하실 수 있습니다.(CIP
제어번호: CIP2015017141)」

*저작권법에 의해 보호를 받는 저작물이므로 저자와 출판사의 동의 없이 내용의 일부를 인
 용하거나 발췌하는 것을 금합니다.
*파손된 책은 구입처에서 교환해 드립니다.

이삭이의 **동시** 모음집

꼬마요정 이삭이의 동시집

　이 책의 저자 이삭은 어릴 적부터 이야기나 책 읽기를 무척 좋아했습니다.

　책과 친구가 되어 점점 자라나서 이삭이의 표현은 어느새 자신의 감정을 자신만의 표현으로 자연스럽고 아름답게 표현을 하였습니다.

　그리하여 이삭이는 여섯 살 때부터 아름다운 동시를 쓰기 시작했습니다.

꼬마요정 이삭이의 동시집은 여섯 살 때부터 현재 아홉 살이 된 지금까지 쓴 동시집이며 일상생활에서 느끼는 이삭이의 감정과 표현들이 드러나는 순수한 주변 이야기들로써 이삭이와 함께 자라나는 우리 아이들을 이해하는데 있어서 조금이나마 도움이 되시길 바라며 이 세상 모든 어린이가 정서적으로 온화하고 풍요로우며 아름다운 마음을 가질 수 있기를 소원합니다.

PROLOGUE 04

토끼

'깡충' 업다운
'깡충' 업다운
이 동물 누구일까?
살랑살랑 꼬리질
귀가 큰 토끼

나는 나는 좋아

나는 나는 좋아

예쁜 하늘 따뜻한 햇빛

나는 나는 좋아

하늘나라 선녀들의 노래

그래도 나는 이거보다 더 좋은 게 있어

바로 엄마, 아빠 웃음이지

구름 1

구름아 구름아~ 너는 아주 멋지구나
해는 너에게 기댈 수 있어서
너는 왜 멋지냐면
바람을 따라 여행도 할 수 있잖아
나는 너한테 안겨보고 싶구나

이삭이의 동시 모음집

구름아 구름아~ 너는 아주 아름답구나

너는 푹신푹신해서 새가 기댈 수 있겠구나

너는 왜 아름다우냐면

바람이 지내갈 때 힘이 들면

바람의 쉼터가 되어주잖니

비

비비 맑은 비

하늘이 울고 있네

똑똑 찰랑찰랑

내 마음에 물

하늘이 우리한테 물을 주네

비가 오니 내 마음도 맑네

똑똑 또르릉 똑

비 오는 길을 걷네

쏴쏴 찰랑찰랑

내 마음에 비

하늘이 나에게 비를 뿌리네

내 마음에 울려 퍼지네

강아지

알쏭달쏭 강아지
오줌 누라 하면
똥 싸고
먹으라 하면 안 먹는
청개구리 강아지
내가 학교에서 돌아오면
쫄랑쫄랑

엄마가 유치원 수업하고 오면

딸랑딸랑

놀이하면 자기도 하자고

멍멍

엄마가 말씀하시네요?

삭아, 강아지 사줄까?

 네!

해

해, 해, 아주 멋진 해

매일 아침마다 나를 행복하게 하는 해

해가 중천에 떠오르면

나는 이마에 땀이 송송송

그 땀방울 마술처럼 나타나는 나의 비

별

나는 나는 별을 좋아해

하늘에서 보석처럼

하늘에서 우리를 감싸주는 고마운 별

별한테 소원을 빌어보자

자, 준비됐지?

한 우 유 곽

나는 한 우유 곽

나는 한 우유 곽

정말로 아쉽지만

나는 한 우유 곽

나는 한 멋진 우유였지

나 는 한 우 유 곽

나 는 한 우 유 곽

정말로 아쉽지만

지금은 쓸모없는

나 는 한 우 유 곽

사과

나는 친구한테

사과하는 게 부끄럽다

나는 동생한테

사과하는 게 창피하다

쏘리 쏘리 쏘리~

친구야, 미안해

동생아, 미안해

이삭이의 동시 모음집

요정

팔랑팔랑 예쁜 요정

요정가루 톡 톡!

와 내가 하늘을 난다

요정 요정 작은 요정

개미보단 더 큰 요정

우리에게는 작다 작아

개미에게는 크다 커

꽃송이

송이 송이 꽃송이는 참 예뻐요

빨간 장미꽃 송이에

비가 뚝! 아야아야

그런데 넌 누구니?

달콤한 꿀

향긋한 꿀

맛있는 꿀

벌들이 향하는 곳은

꽃송이

이삭이의 동시 모음집

23

단풍

단풍 단풍 단풍은

빨간 나무 같아요

단풍 단풍 단풍은

아기 손가락 같아요

쭉쭉 뻗은 가지가

나보다 더 크네

나무

나무는 참 좋아요

나무야 죽지 말아라

겨울에는 벌거숭이 나무

가을에는 요정 나무

여름에는 예쁜 나무

봄에는 따스한 나무

토마토

탱글탱글 토마토
한입 깨물면 입안에서 팡 터지네!

초록 초록 토마토
한입 깨물면 에 튀!

빨간 빨간 토마토
한입 깨물면 아~ 맛있다

토마토를 넣자마자
밝게 웃어요

소풍

소풍은 참 즐거워요

바람이 살랑살랑

불어오는 소풍 길

오늘은 어디로 갈까?

SM5

SM5야 안녕!

난 너를 사랑해

그동안 나를 태워줘서 고마웠어

너는 다시 멋지게 만든 차가 될 거야

너와 함께 했던 추억 잊지 않을게

너 갈 때 인사 못 해줘서 미안해

너를 다시 새롭게 보고 싶어

튼튼한 차로 말이야

고두 (고슴도치)

고두야! 넌 참 귀엽게 생겼구나

차가운 물, 드라이기를 싫어해도

난 네가 좋아

우리 집에서 네가 가장 어리지

아빠 마흔셋

엄만 서른여섯

나는 일곱 살

내 동생은 여섯 살

바로 넌 두 살 암컷이야

이제부터 내가 너를 잘 돌봐주고

해달라는 것 다 해줄게

우리 가족 모두 건강하고 오래오래 살자

고 두 야 사랑해

착한 어린이

나는 나는 착한 어린이
내가 안 한 친구 일을 도와주는
착한 어린이

나는 나는 착한 어린이
언니 오빠 일을 도와주는
착한 어린이
오늘도 내일도 그 다음도 일을 도와주는
착한 어린이

이삭이의 동시 모음집

내 동생

내 동생은 귀엽다

꼬불꼬불 곱슬머리가 국수 같다

동생의 눈은 까만 수박씨 같다

동생의 팔은 꼭 뱀 같다

내 동생은 장난꾸러기다

동생아, 잘 자 ～♥

우리 엄마

엄마는 참 좋아요

쿠키 같은 동그란 눈

내가 외로울 때 슬플 때

따뜻하게 감싸주는

고마운 우리 엄마

어, 이분은 누구지?

아하, 우리엄마구나

사랑해요 엄마

이삭이의 동시 모음집

겨울

겨울은 눈이 펄펄 내려요
하얀 눈송이가
동글동글 천사같이 날아요

해가 뜨면 물처럼
해가 지면 꽝꽝 얼음
스키도 타고 보드도 타는 신이 나는 겨울
눈사람, 눈싸움, 재미있는 겨울
털옷, 털모자, 목도리, 부추 사랑하는 겨울
발가락이 차가운 겨울

거북

거북아 거북아 뭐하니?

치커리 먹고 있네

냠냠 쩝쩝

큼 큼 … 맛있다

요기도 있어

많이 먹고 잘 자라야 해

잠자리

잠자리야 잠자리야

천사 날개를 가진 잠자리야

하늘을 날면서 무얼 봤니?

호수와 곤지암 리조트가 보이네

너가 날수만 있다면 뭐든지 다 보여

바다

넓고 넓은 바다

진한 노을이 지면 하늘은 빨갛다

아카시아 냄새 솔솔 풍겨오는 바다

찰랑찰랑 물소리

소라 여기저기 있고

바다에서 배를 타네

저 아저씨 바다 둘러보고 고기 잡네

발을 넣자마자 앗 차가워! 추위 감도네

집으로 집으로 가자

어서어서 빨리 빨리 가자

밤이 되기 전에

그림책

그림책 재미있는 그림책

그림책을 보면 재미있는 이야기가

내 머리에 쏙쏙쏙

그림책을 봐 볼까?

재미있는 일

책보면 알 수 있지

삼국유사 삼국사기

그림책 웃기는 그림책

그림책을 보면 웃기는 이야기가

내 머리에 쏙쏙쏙

그림책을 봐 볼까?

웃기는 일

책보면 알 수 있지

삼국사기 삼국유사

꽃나무

꽃꽃 나무꽃

꽃꽃 나무꽃이 활짝

나뭇잎이 송송

꽃이 바람 타고 날아가네

안돼! 안돼! 내 꽃

사랑하는 꽃아 언제 오니?

나뭇잎 바람 타고 날아가네

안녕 나뭇잎아 잘 가

아름다운 꽃과 나무

군인

바다를 지키는 해군

총칼 들고 우리나라 위해

목숨 바쳐 싸우네

넘실넘실 푸른 바다 위

내 목숨이 달려 있네

왜군들이 몰려오면 탕탕탕!

이삭이의 동시 모음집

땅을 지키는 육군

대포를 가지고 우리나라

지키기 위해 싸우네

딱딱하고 메마른 땅 아래

씩씩한 내 마음이 있네

중국이 몰려오면 빵 빵 빵!

하늘

널따란 하늘

세상이 넓고 더 넓으네

하늘은 하늘은 싱그러운 바다

푸르른 하늘 깨끗하네

나도 만져보고 싶구나

아름다운 하늘을 바라보면서

싱그러운 하늘

세상이 싱그러우네

하늘은 하늘은 푸르른 강

싱그러운 하늘 공기 좋네

나도 하늘을 소중히 여기고 싶구나

싱그러운 하늘을 바라보면서

구름 2

구름 솜털처럼 가벼운 구름

푹신푹신하지요

한번 만져 볼까?

아이, 부드러워

나는 그새 잠이 들지요

이삭이의 동시 모음집

구름 새털처럼 가벼운 구름

부들부들하지요

한번 안아볼까?

아이, 부드러워

나는 그새 잠이 듭니다

학교

오늘은 어떤 것을 배울까?

아하! 오늘은 새싹에 대하여 배우자

쭉쭉쭉 새싹

쑥쑥쑥 새싹

학교는 정말 좋아요

오늘은 또 무얼 배울까?

아하! 오늘은 학교에 대하여 배워보자

학교를 배우자

학교를 배우자

학교를 다녀오면

똑똑 똑순이 되고

씩씩 씩순이 되죠

오늘은 또 또 무엇을 배울까?

아하! 오늘은 가족을 배우자

가족을 배우자

가족을 배우자

사랑하는 우리 가족

행복한 우리 가족

해

오늘은 오늘은 해님이 웃는 날
반짝반짝 빛을 내며
나를 반겨주네
해님아, 안녕
해님은 방긋방긋 웃으며
고개를 끄덕이네요

이삭이의 동시 모음집

구두

저 물건은 무엇일까?

아하! 구두

높은 굽이 있고 여자들이 신어요

나도 거울 앞에 서서 예쁜 척을 한 적이 있지

저 물건은 뭐지?

아하! 구두

낮은 굽이 있고 남자들이 신어요

나도 거울 앞에 서서 멋쟁이인 척을 했지

책

펄럭펄럭 무슨 소리일까?

책!

내가 가장 좋아하는 책

어머니께서 읽어주시면

나는 스르륵 잠이 들지요

휘리릭 휘리릭 무슨 소리일까?

책!

내가 가장 좋아하는 책

아버지께서 읽어주시면

나는 이 책에 흠뻑 빠져들지요

구름 3

뭉실뭉실 두둥실

구름 아저씨 어디를 가나요?

저기 저기 삭이 집

룰루랄라 가지요

삭이 집 와서 맛있는 쿠키 먹고 가지요

이삭이의 동시 모음집

둥실둥실 두둥실

구름 아가씨 어디를 가나요?

요기조기 산이 집

룰루 랄라 이번엔 무얼 먹었을까?

생각만 해도 가슴이 콩닥 콩닥닥 뛰네요.

엄마 웃음

내가 웃을 때는

얼굴이 쿡쿡쿡 웃는데

엄마가 웃을 때는

입술이 ㅎㅎㅎ 웃는다

내가 웃을 때는

이빨이 웃는데

엄마가 웃을 때는

미소가 활짝 웃는다

우유

벌컥벌컥 우유를 마시면
고소한 두부 맛이 나요
그래서 나는 얼린 우유를
맷돌에 갈아서 두부를 만든 건가?
엉뚱한 생각을 했지요

꿀꺽꿀꺽 우유를 마시면

아이스크림 맛이 나요

그래서 나는 우유를 얼려서

포크로 콕콕 찍어서 아이스크림을 만드는

엉뚱한 생각을 했지요

현충일

오늘은 오늘은 슬픈 날

우리나라를 위해

목숨을 바쳐 끝까지 싸움하셨던 분들

오늘은 오늘은 슬픈 날

싸움에 지쳐서 돌아가신 분들을 위로하는

우리의 슬픈 날

하늘나라에서도 우리나라를 위한

노력과 인내심이 있네

돌아가신 분들을 위로하는 오늘은 현충일

거울

내 모습이 똑같은 곳에 있네

거울을 바라보면

예쁜 내 모습이 생각이 나요

내 미소가 똑같은 곳에 있네

거울을 바라보면

행복한 내 웃음이 있네

우리 가족의 웃음이 담겨 있네

사랑하는 가족들아

우리같이 거울을 바라보자

우리의 미소가 보이도록

가족

아빠, 용감한 우리 아빠

항상 슈퍼맨처럼 우리를 놀아 주시네

즐거운 아빠와의 놀이 시간

엄마, 상냥하신 우리 엄마

항상 밝은 아이처럼 웃으며 우리를 바라봐 주시네

정말 정말 착하신 우리 엄마

나, 예쁜 나

항상 밝고 친절한 나

내가 웃으면 해가 울고 갈 만하네

내가 웃으면 아무리 해라도 내 웃음보다는

밝지 않거든

동생, 제멋대로인 동생

하지만 동생이 울면 나도 슬프지

왜냐하면, 난 동생을 사랑하니까

동생이 웃으면 나도 웃지 그 미소가 나를 밝게 해줘서

가족, 사랑하는 내 가족

언제나 나의 빈자리를 채워주고

따뜻한 마음으로 대하는 나의 가족

가족들이 없다면 나도 없을 거야

우리 가족 힘을 내보자 LOVE

여름

맑은 금요일 여름날

나는 수영장에 가요

물놀이 첨벙첨벙할 생각에

심장이 두근두근 거리네

이삭이의 동시 모음집

화창한 토요일 여름날

나는 계곡에 놀러 가요

계곡에서 송사리 잡을 생각 하니까

내 머릿속에서 빙빙 돌아요

겨울

깜깜한 밤 나를 따라와 봐

온 마을 이불을 덮어주는 듯

한 조용한 마을에 눈이 내리면서

하늘이 잘 자라고 인사를 하지요

추운 겨울밤 나를 따라와 봐

소복소복 빠득빠득 이 소리가 정말 좋지?

발로 눈을 밟아 보자 정말 재미있지?

이것 봐! 눈사람을 만들었어

눈 오는 날 정말 좋은 날이야

눈사람과 눈싸움을 할 수 있으니까

문

똑똑! 누구 신가요?

바람이에요

어서 들어오세요

바람님, 바람님을 보니 태풍이 생각나네요

태풍을 생각하니 오들오들 떨려요

똑똑! 누구 신가요?

달님이에요

어서 들어오세요 달님!

달님을 보니 호수 한가운데 비추는

한 아름다운 보름달이 생각이 나네요

똑똑! 누구 신가요?

삭아, 산아 엄마 아빠란다

집은 잘 보고 있었니?

네! 여기 바람이랑 달님이 계셔요

엄마 아빠를 보니까 내 마음이 따뜻해져요

똑똑!

장미

빨간 장미꽃

너는 어떻게 빨개졌니?

부끄러워 그랬니?

내가 너무 예뻐 그러니?

네가 나를 노려보는 것 같아

그래도 나는 웃음이 하하하 나네요

빨간 장미꽃

새빨간 태양이 빛나는 우주로 갔니?

태양에 쏙 들어갔다가 쏙 빠져 나와서 이렇게

빨개 진거니?

너가 너무 예쁘구나

그래서 나는 웃음이 호호호 나네요

아파트

아파트야! 넌 왜 이렇게 키가 크니?
나는 나는 아파트 너처럼 키가 커지고 싶거든
아파트야 아파트야 나도 너처럼 키가 클래!

아파트야! 넌 왜 이렇게 높으니?
나도 너도 모두다 아파트 너처럼
높고 키가 큰 사람이 되고 싶어 한단다

나의 약속

나와 너의 약속

언제 지켜질까?

바람 신선하게 부는

작은 연못가에서 했던 그 약속

내가 영원히

너의 옆을 지켜오겠다고 약속한 그 자리

지 구

지구, 머나먼 태양계에 속해 있는 친구

지구예요

태양계에선 반짝반짝 빛이 나는 별

지구예요

지구가 우리의 진짜 집이랍니다.

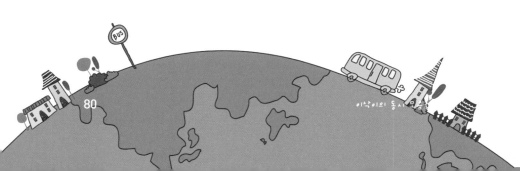

이삭이의 동시 모음집

추억

언제나 내가 한 일

나의 부모님이 사진을 찍어 주지요

한창 귀여웠을 한 살 두 살 세 살 네 살 …

한창 예뻤을 다섯 살 여섯 살 일곱 살 …

언제나 추억을 남기는 여덟 살

밧줄

밧줄, 나를 꽁꽁 묶어놨던 그 밧줄

동동 내가 천사가 되었어요

밧줄에 매달려 날아다니는 내 모습 좀 봐 주세요

밧줄에 배를 감고 동동동

밧줄, 너를 힘차게 묶어놨던 그 밧줄

둥둥 너가 악마가 되었네

밧줄에 매달려 날아다니는 네 모습 좀 사진 찍어주세요

밧줄에 발목 감고 둥둥둥

할머니

할머니, 꼬불탕 꼬불탕 라면 머리를 한

할머니는 누구일까요?

낮잠을 30분 자는

할머니는 누구일까요?

길쭉길쭉 안경을 쓴

할머니는 누구일까요?

집에서 살림하고 우리를 돌봐주시는

할머니는 누구일까요?

항상 밝게 웃어주시는

할머니는 누구일까요?

아하, 삭이네 할머니

정답!

구름떼

구름떼야 구름떼야

어디를 가니?

동동동 우리 구름은 동쪽으로 가지

나도 동쪽으로 가는데

나와 엄마를 태워 주겠니?

구름떼아 구름떼아

저쪽으로 가니?

둥둥둥 우리 구름은 서쪽으로 가고 있어 ^^

그래 그래 그러면

우리 가족과 달리기 시합을 하지 않겠니?

친구

친구는 항상 같이 있으면서

재미있게 놀아 주지요

재미있고 신 나게 놀면

친구가 너무너무 좋지요

나는 나는 내 친구 없으면 못살아

이삭이의 동시 모음집

친구는 항상 나처럼

밝게 웃어주지요

친구와 함께

하하 호호 쿡쿡 웃어대면

아무리 나를 실망시키게 하는 일이라도

친구가 옆에 있으면

밝게 웃을 수 있지요

친구야 고마워

밤송이

삐죽삐죽 밤송이

밤송이 안에는

토실토실 알밤이 나를 유혹하고 있지

다람쥐 청설모가 밤을 달라고 애원하네

다람쥐 청설모 고맙다고 방긋 웃네

토실토실 밤송이

밤송이 안에는

탱글탱글 알밤이

"삭아, 삭아 이삭아 어서어서 날 먹으렴"

이라고 얘기하고 있지

양말 1

꼬리꼬리 냄새나는 내 양말

우리우리 엄마는

"아유아유 이 고린내

야 야 나와서 이것 좀 빨아라"

이 꼬리꼬리 냄새나고 더러운 삭이 양말

이삭이의 동시 모음집

아주아주 향긋한 내 양말

우리우리 아빠는

"와우와 이 향긋한 우리 삭이 양말

냄새가 아주 좋네"

아빠한테 칭찬받으니 기분이 짱짱짱

껌

쫄깃쫄깃 한 껌

껌을 크게 불면

풍선처럼 부풀어 올라 펑! 하고 터지지요

나와 친구들은 깜짝 놀라지요

찐득찐득 한 껌

껌을 뱉어서 벽에 착!

어디에 붙어도 찰싹 잘 붙는 껌딱지

나는 우리 가족의 소중한 껌딱지

껌딱지

청소

쓱싹쓱싹 안방을 닦자
이쪽저쪽 깨끗이 쓱싹쓱싹
발과 팔이 후들후들 떨리니
지진이 난 것 같아요

박박박박 거실을 닦자
이곳저곳 쑤시며 박박박박
이마에 땀이 송골송골 맺히니
비가 오는 것 같아요

이삭이의 동시 모음집

깔끔깔끔 내방을 닦자

구석구석 찌든 때 깔끔깔끔

 기운이 빠져서 기진맥진 쓰러져

기절할 것 같아요

털실

데굴데굴 굴러가는 노랑색 털실

널 잡겠다! 따라가며 소리치는

하얀색 우리 집 고양이

털실은 고양이의 마음을 모르는 듯

데구루루 굴러가네요

이삭이의 동시 모음집

청소기

아빠가 버튼을 누르면 윙~~

하고 돌아가는 우리 집 청소기

우리 집 먼지랑 과자 부스러기랑 머리카락이

순식간에 없어져 버려요

우리 집 요술쟁이 청소기

☆ 아빠는 우리 집 환경미화원 ☆

새집

예쁘고 성 같은 우리 새집

전에 살던 집보다 더 넓고

아름다운 우리의 새집

하지만 예쁘고 아름다운 새집을 만든

엄마 아빠가 힘들어 보이네

페인트 냄새가 나고 온몸이

벌레에 물린 것처럼 간질간질한 새집

새집 증후군이 우리 가족 몸에

마구마구 겁도 없이 덤벼드네

누구 하나 오기 싫어하는 우리의 새집

기운

오늘따라 쏙쏙!

누가 잡아당기는지 기운이 빠진다

너무 너무 힘들고 점점 체력이 약해지며 멘붕이 온다

나는 자연스럽게 하늘을 바라본다

이삭이의 동시 모음집

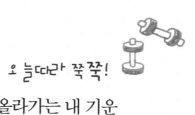

오늘따라 쭉쭉!

올라가는 내 기운

어느 때보다도 즐겁고

아주 많이 밝고 명랑하다

책 선생님

한 장 한 장 넘길 때마다

재미있는 이야기가 청소기처럼

머리에 쏙쏙 빨려 들어와요

재미있는 종류가 각각 있지요

내가 좋아하는 만화책

지식이 담겨있는 why? 책

나는 나는 책이 정말 좋아요

책은 요술선생님이에요

학교 선생님께서는 말로 알려주는데

나의 책 선생님은 못했다고 화를 내지도 않고

즐겁고 신 나게 가르쳐 주거든요

나는 우리의 책 선생님을 사랑해요

우리 집 꽃

우리 집 꽃

장미, 후리지아, 코스모스

우리 집 꽃 덕분에 우리 가족 모두 꽃향기가 나요

어떤 꽃보다 우리 집 꽃이 정말 좋아요

우리 집은 냄새 정화기가 필요 없어요

향기로운 꽃이 있기 때문이에요

꽃에서 따뜻한 봄바람이 나오면 좋겠어요

소리 없이 우리 집이 화목해 지니까요

지우개

언제 어디서든지

내가 공부하다 그림을 그리다

틀리면 갑자기 나타나서

처럼 틀린 것을

뚝딱 지워주 고 가요

지우개는 참 이상하고 신기해요

엄마랑 나랑 정신을 잠깐 방심했을 때

엄마랑 내 머릿속에서 지우개가

기억을 지워 버리나 봐요

나랑 엄마는 자꾸 깜빡깜빡하거든요

새 학년

나는 오늘 가장 기쁜 날

바로바로 2학년

새 학년이 되면 할 것도 많아지고

생각 주머니가 쑥쑥 자라는 싹처럼 커지지요

새 학년이 되면 할 게 너무 많아요

다이어트 하는 것처럼

학교 학원을 왔다리 갔다리 해요

공부할 게 많아져서

굼벵이처럼 느릿느릿할 수도 없고요

2학년은 싫어

뼈

벽돌처럼 단단한 뼈

뼈가 없으면 연체동물

뼈는 우리의 소중한 존재

뼈는 우리 몸의 보물

지갑

돈을 넣어두는 나의 소중한 지갑

엄마 아빠보다 소중하진 않지만

무엇이든 살 수 있는 소중한 돈

그 황금처럼 귀한 돈을 보관하는 게

바로바로 나의 소중한 지갑

지갑은 황금 같은 돈을 지켜 주는 돈의 수호신

졸음

투명 마술사 아저씨가

멋진 요술방망이로 툭! 쳤나 봐요

갑자기 잠이 와요

비가 내리는 것처럼

쌍꺼풀이 밑으로 축 쳐져요

ㄹㄹㄹ

이삭이의 동시 모음집

풍선

나는 나는 예쁜 풍선을 보았지

빨주 노 초파 남보 예쁜 풍선이

가득가득 차 있는 내 마음

내 마음도 풍선처럼 예뻐질까?

연필깎이

드르륵 드르륵

동생이 연필 깎는 소리가 집안에 퍼져요

연필깎이에 들어갔다 나온 연필은

미용실 갔다 왔는지 뾰족뾰족 머리를 깎고 나와요

연필 깎기는 깎기의 달인처럼

느긋하고 편안하게 예쁘게 깎아요

연필은 우리가 깎아주는 걸 싫어 하나 봐

맨날 연필깎이한테 부탁해

연필 나빠

116

용돈

나는 아빠께 용돈을 받으면

엉덩이가 씰룩쌜룩 거려요

용돈을 받으면 나는

돈이 오만 원이나 돼요

내가 갖고 싶은 미미 인형을 살 거예요

이삭이의 동시 모음집

나는 엄마께 용돈을 받으면

얼굴에 웃음꽃이 활짝 펴요

지금까지 모은 용돈이

삼십만 원이나 돼요

삼십만 원으로 울 할아버지

생신 선물 사드릴 거예요

양말 2

엄청 크고 지독하게 구리 구리한

냄새가 나는 아빠 양말

아빠는 양말 냄새 맡고 꼴까닥

코를 틀어막고 웃기게 코맹맹이 소리로

"여보, 이 양말 좀 빨아" 라고 소리칩니다

ㅋㅋㅋ

이삭이의 동시 모음집

땀 냄새가 나는 내 양말

땀 냄새가 아빠 코를 쿡쿡 찌르네

아빠가 내 양말을 갖고

어쩔 줄 몰라 허둥대는 모습에

나는 깔깔깔 웃음이 나옵니다

ㅋㅋㅋ

친구와 싸우면

친구랑 싸우면

나는 기분이 나빠져요

싸우고 나니까 갑자기 내 얼굴이

울그락 불그락 해져요

그 모습을 보면

너도나도 웃음이 빵 터지지요

내가 왜그랬을까···

친구와 싸우면

나는 갑자기 싸운 친구한테 미안해진다

그런데 친구는 나한테 무슨 마음이 들까?

미안한 마음이 들겠지?

이삭이의 동시 모음집

속상해...

친구와 싸우면

나는 갑자기 친구가 미워진다

친구도 내가 미워지겠지?

친구도 나를 미워할까?

아니면 나한테 정말 미안 할까?

너무 너무 궁금하다

시계

학교에서 너무 천천히

가는 것처럼 느껴지는 시계

마음속으로 "빨리가라 빨리가라 시계야" 외쳐보지만

시계는 내 맘도 모르고

너무 천천히 가네요

친구들과 밖에서 놀다 보면

시간이 후딱! 지나가 버려요

1시에 나가서 친구들과 놀다 오면

벌써 5시가 되어 있어요

1시간 동안만 논 것 같은데

시계는 너무 빨리 가네요

시계 미워

봉사

나는 쓰레기를 줍고 또 주운다

나의 따뜻한 마음과 우리 가족

우리 집 주변에 사는 사람들

이웃과 우리 가족이 행복해 지기 위해서

나는 돈을 기부하였다

2천 원 3천 원 이 돈은

내가 배고픈 사람 가난한 사람

모두에게 돈을 나누어 주었다

남을 배려하고 그게 바로 내가 말하는 "봉사"이다

이웃과 우리 가족이 행복해 지기 위해서

연필

삐죽삐죽 송곳니처럼 생긴 연필

한때는 내 손을 콕콕 주사처럼 쑤셔서 아프고

한때는 내가 아름다운 동시를 쓸 때 도와주고

연필아! 정말 고마워~

동글동글 원기둥처럼 생긴 연필

한때는 드르륵 굴러가서 학교 바닥에 툭! 떨어지고

한때는 내가 연필을 너무 많이 써서

아기 손가락처럼 짤막해지고

연필은 나만의 보물

연필은 나만의 보물

엄마 품

엄마 품, 내가 덜덜덜덜 떨고 있을 때

따뜻한 품에 안기면 덜덜덜덜 떨고 있는 몸이

코코아처럼 따뜻해 져요

엄마 품은 요술 품!

이삭이의 동시 모음집

엄마 품, 내가 이상한 냄새를 맡고 있을 때

엄마의 향기로운 품에 안기면

이상한 똥 냄새 같은 것도 바람에 휩쓸려 사라져요

그 꽃 냄새 같은 우리 엄마 품이

나는 정말 좋아요

긴치마

나풀나풀 나비처럼 팔랑거리는 긴 치마

예쁜 금가루가 떨어진 하얀색 긴 치마

나에게는 딱 알맞은 긴 치마

짧은 치마, 바지, 여러 개가 있지만

긴 치마는 나에게 더 어울려

우아, 밤하늘에 둥근 보름달이 떴네

달님! 나는 항상 예쁜 금가루가 떨어져 있는

긴 치마를 입게 해 주세요

이삭이의 동시 모음집

달님! 예쁜 긴 치마를
입게 해 주세요…

돈

돈! 모두가 탐을 내는 은빛 나는 돈

착한 사람들은 돈이 필요한 사람한테 돈을 나눠주고

욕심 많은 사람은 돈을 빼앗고 다니네

돈 돈 돈! 내 귀한 돈!

세종대왕

세종대왕 님!

얼굴도 인자하시고 한글을 만드신

위대한 세종대왕 님!

백성들을 사랑하는 마음이 크서서 병을 앓고도

참고 훈민정음을 만드신 위대하신 분

세종대왕 님!

핸드폰

커다랗고 빨간색 옷을 입은 우리 엄마 핸드폰

내가 심심할 땐 TV가 되어준다

내가 심심할 땐 게임기가 되어준다

핸드폰은 나만의 보물

빗방울

조그만 빗방울이 똑! 똑! 떨어집니다

하늘이 슬퍼서 그러나 봅니다

하늘이 울면 나도 웁니다

하늘이 엉엉!~~~

나도 엉엉!~~~

침대

조그만 내 방에는 침대가 하나 있어요

침대는 슈크림처럼

푹신푹신하고

말랑말랑해요

따뜻한 이불을 깔고 자면

마법처럼 잠이 스르르 몰려와요

침대는 편안한 내 친구!

꽃

동그랗고 예쁜 꽃 한 송이

누구한테 선물할까?

꽃처럼 예쁜 우리 엄마**한테 선물하지**

우리 엄마는 기분 좋아 활짝 **웃네**

예쁜 꽃 한 송이가 웃음꽃을 만드네

물

계곡에서

강에서

바다에서

좔좔좔 예쁘게도 흐르는 물

벌컥벌컥 마시고

꽃송이처럼 말끔하게 씻고

아무 데서나 구할 수 없는 귀한 물

물을 못 먹고 죽어가는 친구들에게 선물해야지

바로바로 소중한 물

고양이

조그만 소리로 야옹 야옹

예민하게 귀를 번쩍

소리가 나는 쪽으로 달려가는

우리 동네 예쁜 고양이

화가 났는지 꼬리를 치켜세우고 발톱을 샥! 하고 내미는

우리 동네 고양이

연분홍 코로 참치 냄새를 맡으면서 살짝! 입맛을 다시네

귀여운 우리 동네 귀요미 고양이

Kimchi

우리 동네 귀요미 고양이

사계절

봄, 따뜻한 햇볕이 내리쬐는

아름답고 싱그러운 봄

예쁜 노랑 새가 노래를 부르며

자유롭게 날아다니고

새싹이 인사하며 올라오는 따뜻한 봄

여름, 아이들의 웃음소리가 끊이질 않는 여름

숲에는 나무들이 울창하게 자라있는 여름

냇가에는 조잘조잘하며

물장구를 치는 아이들이 가득한 여름

이삭이의 동시 모음집

가을, 바사삭! 바사삭!

다람쥐가 낙엽을 밟고 지나가는 소리

뚝! 또도독! 우수수 떨어지는 알록달록한 가을 열매들

빨간 고추잠자리가 날아다니는 가을은 정말 좋아

겨울, 뽀송뽀송한 눈이 내리는 고요한 겨울밤

소복소복 쌓인 눈을 밟으면 뽀드득뽀드득 소리가 나지요

맑고 하얀 눈 내리는 고요한 겨울밤

145

겨울 놀이

펑펑 쏟아지는 눈을 받아먹으면

머리부터 발끝까지 시원해져요

산에서 스키를 타고 내려오면

바람이 불어 온몸이 짜릿해져요

우리 동네 뒷산에서 바람처럼 내려오는 썰매도 타요

온몸에 겨울을 느끼면서 슝~ 하고 내려가요

그림

멋진 화가 아저씨가

등에 아주 큰 4절지 종이를 매고선

둠 두랄라~~~

콧노래를 흥얼거리며

넓은 바닷가에 자리를 잡고

아름다운 바다의 풍경을 그리네

바람

나를 보면 반가운 듯이

바람은 휙!~하고 내 옆을 스쳐요

시원한 바람이 장난을 쳐요

내 머리카락을 날려서 얼굴에 붙게 해요

바람은 장난꾸러기!

사랑

사랑, 새싹이 나오는 봄에

사랑하는 사람을 만났지

내가 생각했던 여자였어

우리는 냇가 돌에 앉아서 즐겁게 놀았었지

아~~ 이게 사랑이란 거야!

동시

내 생각을 글로 써 내려가요

동시를 쓰면 내 마음속에 있던 생각들이

풍선처럼 펑! 펑! 펑! 하고 터지면서 순식간에 없어져요

동시야 고마워~~

내가 쓴 동시를 사람들이 보면 어두웠던 얼굴이 해님처럼

밝아지면서 행복한 웃음을 지어요

다른 사람들이 내 동시를 보고 웃으면

내 마음은 이불을 덮은 것처럼 따뜻한 느낌이 들어요

　　　　　이삭이의 동시 모음집

항상 행복 하세요

곰돌이

귀엽고 깜찍한 언니네 곰돌이 인형 별이

초롱초롱한 눈을 뜨고 나를 똑바로 바라보는 곰돌이 별이

언니는 별이 가 있어서 참 좋겠다

이삭이의 동시 모음집

멋진 신사처럼 언니 방 피아노 옆에 떡 하니 앉아있는

곰 돌 이 별 이

인형 친구들과 사이좋게 앉아서 웃고 있는 곰 돌 이 별 이

나도 언니처럼 별이 가 있었으면 좋겠다

벚꽃

맑고 맑은 봄날에

짜르륵! 짜르륵!

벚꽃 비가 내린다

나무 아픈 줄도 모르고

꽃잎에 있는 애벌레도 모르고

벚꽃 맞으면서 싱글벙글 웃는 아이들

여름이 되어가고 있을 때

벚꽃은 말라비틀어지고

새로운 주인공이 찾아오네

벚꽃은 새로운 벚꽃 나무 주인공을 무섭게 노려보네

벚꽃이 화를 내자 휭! 하고

내 손에 톡! 하고 떨어지네

간식

우리 집에 있는 맛있는 과자 간식

나는 집에 가서 맛있는 과자 간식을 먹으려고 했는데

으앙! 동생이 내 간식을 다 먹어 버렸어

156

할머니 집에 있는 맛있는 아이스크림 간식

우리 집에도 있는데 엄마 아빠 못 먹게 하네

엄마도 없는데 할머니 집에서 실컷 먹어야지!

그러나

할머니가 먹지 말라고 소리치네

으앙! 불쌍한 내 인생

소풍

신 나는 소풍 어디로 갈까? ♪♩

자동차 타고 산으로 가지

부릉부릉 신 나는 자동차 여행

강아지도 소풍 가는 길

주인 쫄랑쫄랑 따라가며

신 나는 소풍구경 하네

Go!!
Go!! 이번엔 어디로 갈까?

쌔근쌔근 꿈나라 속으로

가족여행 가네. 꿈에서

신 나는 하늘나라 가네

예쁜 선녀님 만나러

가족여행 가네

얏호!

이번엔 무엇을 타고 갈까?

땡! 땡! 자전거 타고

청석공원 가지 룰루랄라

즐거운 소풍 길 재미나네

아주아주 즐거운 소풍 길

이번엔 이번엔 어디로 갈까?

하늘하늘 비행기로

재미난 제주도로

여행을 가지

재미난 소풍 길 소풍온

사람들은 미소가 활짝! 벌어지네

가을 하늘

높고 높은 하늘아

저녁노을이 지면

빨갛고 노란색

노을이 드는구나

예쁜 꽃들

아이 추워라

눈을 감네